Le manoir de la peur

L'orthographe rectifiée, qui fait désormais référence dans les programmes scolaires, est appliquée dans cet ouvrage.

Loi n° 49-956 du 16 juillet 1949 sur les publications destinées à la jeunesse, modifiée par la loi n° 2011-525 du 17 mai 2011.
ISBN : 978-2-08-257669-4

Gaël Aymon

Les grandes ANNÉES

Le manoir de la peur

Illustrations d'Élodie Durand

Nathan

Le matin, c'est mon père qui nous accompagne tous à l'école.

Le soir, ça n'est jamais la même personne qui vient nous chercher.

Lundi

Mardi

Mercred

Jeudi

Vendredi

Chapitre 1

Comme des grands

Chaque jour en quittant l'école, avec Luce, Ysée, Oscar et Edvin, on passait devant le collège. Une foule d'adolescents hurlant surgissait au même moment par les grilles qui s'ouvraient. Les collégiens couraient partout en se bousculant et on avait intérêt à se serrer les coudes si on ne voulait pas se faire renverser.

– Quel troupeau d'éléphants ! a pesté Luce, un mardi soir, alors qu'on traversait la cohue.

– Vous avez vu ? a soufflé Edvin avec un clin d'œil. Il y a deux amoureux, là-bas...

On a tous pouffé de rire, sans lâcher le couple du regard.

– J'aime pas les ados ! s'est entêtée Luce. Ils sont bêtes, bruyants, ils s'insultent tout le temps...

– Ils sont moins bêtes au lycée, tu verras ! a assuré Emma, la babysitteur des jumelles, en souriant.

Moi, j'adorais observer les grands pour imaginer comment seraient nos vies au collège. Ça faisait un peu peur, mais ça semblait tellement excitant. J'admirais les tenues des filles, les coiffures des garçons. Les anciens CM2 de mon école me paraissaient être devenus immenses.

– Ils ont trop de chance ! ai-je soupiré en désignant une bande de jeunes qui marchaient

devant nous. Ils font leur vie, ils rentrent seuls chez eux...

– Mais alors, s'est inquiétée Luce, Emma n'aura plus de travail quand on sera au collège !

Emma lui a répondu, le regard rêveur :

– Je ne vais pas t'accompagner toute la vie, tu sais. Après mon bac, j'espère aller faire des études à l'étranger.

Luce lui a pris la main avec un air triste.

Après les devoirs et le gouter, on s'est repliés dans la chambre des parents de Luce et Ysée. On aimait bien se déguiser en cachette avec leurs chaussures et leurs manteaux chics. Comme Emma avait du travail en retard pour le lycée, elle ne nous surveillait pas vraiment. Je me suis assise au bord du lit, jambes croisées, chaussée de talons hauts hyper classes.

– Moi, après le bac, ai-je déclaré en imitant Emma, je ferai des études très importantes en République-de-l'étranger. Tout le monde est très riche là-bas. J'aurai un chauffeur pour m'emmener à l'université.

– Moi, je prendrai des cours sur Internet ! a répliqué Edvin en jouant le jeu, une cravate autour du cou. Comme ça, je pourrai apprendre un métier chez moi, au bord de ma piscine cinq étoiles, tranquille !

– En vrai, vous voulez faire quoi comme métier, vous ? a demandé Oscar en admirant son nœud papillon et ses lunettes noires dans un miroir.

– J'hésite entre maitresse et présidente, ai-je répondu. Ou reine !

– Peut-être chanteuse, a dit Ysée, vêtue d'un grand manteau rose. Il ne faut pas faire d'études. On peut commencer tout de suite après l'école.

– Bon ! a fait Luce en retirant son déguisement. On va jouer mainten...

Ysée l'a interrompue :

– Vous croyez que ce sera comment, quand on sera au collège ?

– Mon père a dit que j'aurai le droit d'avoir un téléphone portable, a annoncé Oscar.

– Bon, on va jouer maintenant ? a insisté

Luce avec impatience. Vos parents vont bientôt venir vous chercher...

– Mais on joue, là ! ai-je rétorqué. On est bien, on rigole...

– Ça ne me fait pas rire, moi ! a ronchonné Luce. Vous ne jouez pas, vous ne faites que parler !

Elle a tourné les talons pour quitter la pièce, mais Ysée l'a retenue en chuchotant :

– Attends ! Tu sais, on avait dit qu'on allait leur montrer...

Luce a eu l'air encore plus contrariée.

– Maintenant ? a-t-elle objecté. Et si Emma arrive ?

Ysée nous a fait signe de rester silencieux. Elle a fermé la porte de la chambre et elle a éteint la lumière.

CHAPITRE 2

Le Manoir de la peur

Ysée a ouvert tout doucement le tiroir du bureau de ses parents. Elle en a sorti une tablette qu'elle a allumée.

– L'autre jour, on a trouvé le code pour la déverrouiller ! C'est notre date de naissance, s'est-elle vantée, les yeux brillants. Et on est tombées sur ça...

Une image est apparue à l'écran. J'ai tout de

suite reconnu l'affiche du *Manoir de la peur*, la série télé dont on voit les pubs partout.

– C'est interdit aux moins de douze ans ! a fait remarquer Oscar.

– On a déjà regardé le début toutes les deux, et ça va ! a rétorqué Ysée avec un sourire. Vous voulez voir ?

Pas besoin de réponse. Ysée savait bien qu'on mourait tous d'envie de découvrir cette série. Tous sauf Luce.

– Je te dis que c'est pas une bonne idée ! a-t-elle rouspété. Emma va arriver et on aura des problèmes !

– T'es pas marrante, ce soir ! a réagi Edvin.

– C'est surtout qu'elle a la trouille, s'est moquée Ysée.

Luce a haussé les épaules et elle est partie en refermant la porte derrière elle.

On s'est rassemblés autour d'Ysée, ricanant d'excitation. Mais quand le générique a commencé, on riait beaucoup moins. Rien que la musique faisait peur. Il y avait une petite fille de notre âge qui vivait dans un grand manoir, seule avec sa grand-mère et une affreuse poupée aux yeux rouges. La nuit, la poupée devenait vivante et elle sortait en secret. L'histoire était

difficile à comprendre, parce que ce n'était pas le premier épisode et qu'on ne connaissait aucun personnage. Mais ce qu'on comprenait très bien, c'était que la poupée était dangereuse, parce qu'un policier la recherchait. On se serrait de plus en plus les uns contre les autres en retenant notre souffle. Oscar se cachait parfois les yeux, mais, comme nous, il n'arrivait pas à détacher son regard de l'écran.

Soudain, la porte de la chambre s'est ouverte. On a tous sursauté en criant.

– Qu'est-ce que vous fabriquez dans le noir ? a grommelé Emma en allumant la lumière.

Ysée a vite caché la tablette dans son dos.

– On... on jouait ! a bafouillé Oscar en retirant son nœud papillon.

– Enlevez tout de suite ces vêtements ! s'est fâchée Emma. J'aurais dû m'en douter. C'est

mauvais signe quand je ne vous entends plus !
Heureusement que Luce m'a prévenue que vous faisiez des bêtises...

Luce n'avait peut-être pas parlé de la tablette. J'ai improvisé une excuse :

– Ne dis rien aux parents, s'il te plait ! On répétait un spectacle surprise pour eux !

À ce moment-là, quelqu'un a sonné à la porte d'entrée. Emma a quitté la pièce en nous ordonnant :

– Rangez-moi tout ça et descendez ! Je ne veux pas me faire gronder à votre place !

On a tassé nos déguisements à la va-vite dans les placards, le cœur battant. Emma m'appelait d'en bas :

– Ness, ton père est là !

On a remis la tablette dans le tiroir avant de courir vers l'escalier.

Je me suis arrêtée devant la chambre de Luce. Elle jouait toute seule aux Lego. Les autres sont passés sans un regard vers elle.

Oscar a même lancé :

– Rapporteuse !

Mais je suis restée. Je suis comme ça, je ne supporte pas que quelqu'un se retrouve seul.

– C'est dommage que tu n'aies pas regardé avec nous, lui ai-je murmuré. C'était trop génial !

Elle a froncé les sourcils et m'a tourné le dos. C'était bien la peine que je fasse des efforts pour elle ! En bas, mon père demandait à Emma si tout s'était bien passé.

– Super bien, a-t-elle menti. Je ne les ai pas entendus de la soirée.

– C'est mauvais signe quand on ne les entend plus ! a dit mon père en riant.

– Oh non, a répliqué Emma. Ils ont été sages comme des images.

Cette nuit-là, dans mon lit, je me suis réveillée plusieurs fois. Je faisais des cauchemars qui mélangeaient la série à la vraie vie. J'ai fini par allumer la lumière pour pouvoir me rendormir. La musique du *Manoir de la peur* me tournait dans la tête et je croyais voir les yeux rouges de la poupée dans l'ombre de ma chambre. Mais ça n'avait plus rien d'agréable ! Pourtant, j'avais bien aimé la peur de tout à l'heure, avec les copains.

Chapitre 3

Surprise en poussette

Le lendemain, c'était mercredi. Nastia, la grand-mère d'Edvin, est venue nous chercher après la cantine avec une surprise. La surprise était assise dans une poussette et nous a accueillis d'un sourire radieux.

– Anastasia ! s'est exclamé Edvin en courant embrasser sa petite sœur.

– Ta maman m'a demandé de la récupérer à

la crèche, a expliqué Nastia. Vous allez devoir m'aider un peu avec elle.

Ysée a serré Anastasia dans ses bras.

– Ne t'en fais pas, Nastia ! Ça sera notre petite sœur à tous !

– Atousse, atousse ! a approuvé Anastasia, nous faisant éclater de rire.

Une fois chez elle, Nastia nous a demandé de nous occuper d'Anastasia, puisqu'elle semblait si à l'aise avec nous.

– Profitez du soleil dans le jardin ! a-t-elle ajouté en nous laissant.

On a préféré s'installer dans la véranda. Anastasia était le bébé le plus joyeux de la Terre. Elle passait de bras en bras, toujours souriante. Un vrai petit jouet vivant !

– Regardez ce qu'elle sait faire ! s'est écrié Edvin.

Il a mis un CD de musique moldave pour faire danser sa petite sœur dessus, en lui bougeant les bras comme une marionnette. Anastasia rigolait, ravie du numéro. C'était drôle !

Ensuite, on a commencé à jouer aux parents. On apprenait des mots à la sœur d'Edvin, on lui faisait répéter nos prénoms en prenant tous des airs sérieux d'adultes. J'aimais beaucoup ça. Je me sentais grande et responsable, tout à coup. Oscar ne semblait pas vraiment intéressé, parce qu'il est allé feuilleter une bande dessinée. Anastasia s'est mise à chouiner. J'ai été prendre une madeleine au chocolat dans la boite à biscuits. Chez Nastia, il y avait une boite pleine de biscuits dans chaque pièce. J'ai donné la madeleine à Anastasia. Elle se l'est enfoncée tout entière dans la bouche en postillonnant partout. Je l'ai soulevée et je l'ai tendue à Oscar en riant :

– Regarde ! C'est mon nouveau mixeur à gâteaux !

Il a eu une petite moue.

– Tu sais, moi, j'aime pas trop les bébés. Je préfère les poissons rouges, c'est moins bruyant !

J'ai abordé le sujet qui me préoccupait :

– Bon, vous croyez qu'on pourra voir la suite du *Manoir de la peur* ?

– Oh non ! a protesté Luce. Vous n'allez pas recommencer ! Tout ce qui vous intéresse maintenant, c'est faire des trucs interdits en cachette !

Il y a eu un grand silence. Puis Anastasia s'est mise à hurler sans qu'on comprenne pourquoi.

J'ai essayé de lui mettre une nouvelle madeleine dans la bouche, mais elle l'a crachée rageusement en criant de plus en plus fort. Edvin a reniflé sa couche sans détecter d'odeur suspecte, Oscar a essayé de lui lire sa bande dessinée, et Ysée l'a même un peu grondée, en imitant sa maitresse qui a beaucoup d'autorité. Rien à faire ! Anastasia nous cassait les oreilles et ça ne nous donnait plus du tout envie de nous occuper d'elle. Et puis, comme Luce, elle nous empêchait de parler de choses de grands. Ça m'a donné une idée.

– Tiens, Luce, ai-je suggéré, puisque notre conversation ne t'intéresse pas, tu n'as qu'à emmener Anastasia jouer dehors. C'est un peu ennuyeux, les bébés, finalement.

Luce était trop fière pour montrer qu'elle était vexée. Elle est sortie avec Anastasia. On s'est réunis dans un coin de la pièce pour comploter :

– Vous avez un plan pour voir la suite ? a chuchoté Oscar. Emma ne va plus nous laisser seuls...

– Chez nous, c'est devenu trop risqué, a reconnu Ysée.

Edvin a plissé les yeux, l'air mystérieux.

– Moi, je sais comment faire...

Chapitre 4

Disparition

– S'il te plait, *bunica* ! suppliait Edvin. Ce serait tellement bien !

Quand son petit-fils l'appelait « *bunica* », « mamie » en roumain, Nastia ne pouvait rien lui refuser.

– Une soirée pyjama chez moi ? a-t-elle réfléchi tout haut. Je veux bien si vos parents sont d'accord. Mais je n'ai pas assez de chambres…

– On dormira dans le grenier, sur le matelas

gonflable ! a rétorqué Edvin. On dine, on se couche et tu ne nous entends plus !

Nastia a ouvert le four pour tester la cuisson de sa brioche.

– Allez chercher Luce et Anastasia avant que mon *cozonac* soit froid ! a-t-elle dit en souriant. Nous en reparlerons plus tard.

Luce n'était pas dans le jardin.

– Elles ont dû rentrer, a fait Edvin.

On les a cherchées dans la maison. Personne dans le salon, la salle de bains, la chambre ni les toilettes. Luce et Anastasia avaient disparu !

– Et si elles avaient fugué ? s'est inquiétée Ysée.

La panique nous a gagnés. On s'est mis à courir partout en appelant :

– Luuuuuce ? Anastasiaaaaa ?

On a regardé sous les meubles, dans les armoires, puis on est ressortis dans le jardin.

– Qu'est-ce qu'on va dire à Nastia ? se désolait Oscar.

Un grand éclat de rire a soudain retenti. Il venait du hamac, tendu entre deux arbres et roulé sur lui-même. Je me suis approchée. Le hamac a remué, puis il a commencé à tourner de plus en plus vite en se déroulant. Luce et Anastasia en sont tombées, hilares.

– On est là ! s'est exclamée Luce en riant.

– Onéla ! a repris Anastasia qui n'arrivait pas à se relever tellement sa tête tournait.

– Ça fait au moins dix heures qu'on vous cherche ! s'est fâchée Ysée. On était hyper inquiets !

– C'était pour rigoler ! a répondu Luce en aidant Anastasia à se mettre debout. On jouait à cachecache.

– Très drôle ! ai-je lancé. Ce n'est pas parce que tu es avec une petite que tu dois tout faire comme elle ! C'est toi la grande. On a passé l'âge de jouer à cachecache.

– De toute façon, vous ne voulez plus jouer à rien ! a protesté Luce. Vous vous prenez pour des ados ou quoi ?

– C'est plutôt toi qui te comportes comme un bébé depuis hier, a répliqué Oscar.

Cette histoire était un peu ma faute. C'était quand même moi qui avais envoyé Luce dehors. J'ai préféré changer de sujet :

– Bon, on ne va pas se disputer ! En plus, on a un super plan : une soirée pyjama chez Nastia, tous ensemble, samedi prochain !

Luce a eu l'air intéressée.

– On dormira dans le grenier, a poursuivi Ysée avec excitation. On emportera la tablette sans le dire aux parents et, quand Nastia ira se coucher, on regardera *Le Manoir de la peur* toute la nuit ! Tu te rends compte ?

Luce a marqué un temps d'arrêt, puis elle a fait un demi-sourire un peu bizarre.

– Ça va faire peur... Mais ça va être trop cool ! a-t-elle finalement déclaré.

Je me suis sentie soulagée. Cette fois, elle n'allait pas gâcher la fête !

Chapitre 5
Pyjama party

Le samedi soir, c'est ma mère qui m'a accompagnée, avec Oscar, chez Nastia. Edvin nous y attendait, sans sa petite sœur, cette fois.

Ma mère a échangé quelques mots avec Nastia sur le pas de la porte avant de nous quitter.

– Vous êtes sages, hein ? m'a-t-elle glissé en m'embrassant.

– On est tellement fatigués qu'on ira se coucher sans diner, a promis Oscar. Et on ne fera aucune chose interdite en cachette !

Oscar était nul en mensonge. Soit il bégayait, soit il en faisait trop. Mais ma mère n'a pas fait attention.

Edvin voulait nous montrer le lit qu'il avait préparé. On l'a suivi. Les marches grinçaient

terriblement. Avec son toit en pente, le grenier faisait un peu penser au manoir de la peur ! Des affaires étaient empilées sous des draps et des vieilles poupées dépassaient d'une grande corbeille en osier. On aurait dit qu'elles nous observaient ! Au milieu de ce bazar, un grand matelas en plastique avait été recouvert de coussins et de couvertures en laine.

– On va s'éclater ! s'est réjoui Oscar en faisant du trampoline sur le lit.

– Vous imaginez, ai-je dit en frissonnant, quand il fera complètement nuit et qu'on regardera « ce que vous savez » avec juste une lampe de poche... Brrrrrr !

– Ce n'est qu'une série ! s'est moqué Edvin. Tu as déjà peur ? Quel bébé !

– Non, je n'ai pas peur ! me suis-je indignée. Et d'abord, je suis plus vieille que toi !

Heureusement, Nastia nous a appelés avant qu'on se dispute pour de bon. Ysée et Luce venaient d'arriver.

Dans l'entrée, le père des jumelles avait l'air gêné.

– Finalement, vous n'aurez qu'Ysée. Luce vient de décider qu'elle préférait rentrer avec moi, a-t-il expliqué à Nastia.

On a dévisagé Luce, accrochée à la main de son père, les yeux rivés au carrelage. Qu'est-ce qui lui prenait encore ?

– Elle ne veut plus venir, nous a murmuré Ysée. Elle a fait une crise dans la voiture.

– Tu ne veux pas dormir chez moi ? s'est étonnée Nastia.

Le père de Luce est intervenu :

– On avait prévu de sortir au restaurant, avec mon épouse, mais elle préfère passer la soirée avec nous. Je crois qu'on est un peu trop absents. On oublie qu'ils ont encore besoin de leurs parents, à cet âge.

Luce me faisait pitié. Tout le monde la regardait.

– Tu es sure que tu ne vas pas regretter tes amis ? a demandé son père.

– On a préparé mon dessert préféré ! a dit Edvin.

– Aucun enfant n'a jamais résisté à mes *papanasi* ! s'est vantée Nastia en se penchant vers Luce qui se recroquevillait toujours plus. Des bons beignets à la crème !

– Allez, ça va être chouette, tu sais ! ai-je insisté en souriant. On va dormir tous ensemble. Edvin nous a installé un lit qui rebondit...

– Et on ne fera rien d'interdit ! a bêtement ajouté Oscar.

Le visage de Luce s'est déformé dans une moue qu'elle cherchait à contenir et, brusquement, elle a fondu en larmes.

– Je ne veux pas rester ! a-t-elle sangloté. Je ne veux pas voir le film d'horreur !

Elle pleurait tellement qu'on comprenait à peine ce qu'elle disait. Mais cette phrase-là, son père l'a très bien entendue !

– Mais qu'est-ce qui t'arrive, ma chérie ? De quel film parles-tu ?

Il s'est tourné vers Ysée, sourcils froncés.

– Tu peux m'expliquer cette histoire ?

On s'était figés tous les quatre, comme si le temps s'était arrêté.

Oscar a craqué. Il s'est mis à pleurer à son tour.

– C'est pas un film d'horreur ! C'est une série, *Le Manoir de la peur* !

– Mais ça ne fait pas vraiment peur ! a complété Edvin à mi-voix.

Je ne voyais pas comment on allait s'en sortir. C'est là que j'ai découvert le courage qu'Ysée pouvait avoir parfois. Elle a ouvert son sac à dos et en a tiré la tablette en disant :

– C'était mon idée. On voulait regarder *Le Manoir de la peur* en cachette, mais Luce n'était pas trop d'accord, alors...

Son père a aussitôt confisqué la tablette, avant de se tourner vers Luce :

– Enfin, pourquoi tu n'as rien dit ?

– Je ne voulais pas qu'on me traite de bébé... a marmonné Luce.

– Là, c'est ta sœur et tes amis qui se sont comportés comme des bébés ! a grondé son père en nous regardant.

Luce s'est mise à crier en pleurant de plus belle :

– Mais moi, je ne veux pas être une grande ! Je ne veux pas être moche, bête et regarder des films qui font peur !

Son père l'a serrée contre lui en chuchotant à Nastia :

– Ça fait plusieurs nuits qu'elle fait des cauchemars. Elle ne voulait plus dormir toute seule dans sa chambre...

Ils nous ont tous deux lancé un regard sévère. Moi aussi, j'avais fait des cauchemars, même si je ne l'avais avoué à personne... Je comprenais ce que pouvait ressentir Luce. Et j'avais beau avoir envie de savoir ce qui allait arriver à la poupée aux yeux rouges, l'idée de passer une nouvelle nuit à avoir peur, une fois seule dans ma chambre, me plaisait beaucoup moins. Je me sentais incroyablement honteuse. On gardait la tête baissée, attendant la punition. Mais Nastia s'est approchée de Luce et lui a proposé gentiment :

– Si tu veux, et si ton papa est d'accord, tu pourrais peut-être rester, au moins pour le diner ? Tu verrais après le dessert si tu préfères toujours rentrer dormir chez toi. Et je te promets qu'il n'y aura pas de film d'horreur au programme, ma Luciole !

Luce a levé les yeux vers nous. Je ne savais pas trop comment m'excuser, alors je lui ai souri. Elle s'est mouchée bruyamment et puis elle a lâché le bras de son père en se forçant à prendre un air courageux.

– Je veux rester dormir.

Chapitre 6
Comme des petits

C'était la première nuit qu'on passait tous ensemble.

Nastia ne nous avait pas préparé des nuggets et des frites. Non, elle avait cuisiné un repas de grands. Un vrai repas, avec des plats inconnus et, surtout, ses fameux *papanasi* pour le dessert. Un régal ! Elle m'a d'ailleurs promis de me donner la recette.

On a regardé un DVD. On était tous tombés

d'accord sur un vieux film comique pour enfants. On a bien rigolé. Et je crois que je n'étais pas la seule à être soulagée de ne pas devoir passer la nuit avec la poupée aux yeux rouges.

Ça a été plus compliqué pour aller au lit. On faisait tous tellement attention à Luce que chacun voulait être à côté d'elle sur le matelas gonflable. Alors elle a fini par se coucher au milieu. Ensuite, on a parlé de nos souvenirs de l'année d'avant, et des premières fois où on s'était rencontrés.

Nastia est montée nous voir. Elle s'est assise près de Luce et lui a caressé les cheveux.

– Je vais vous révéler un secret, a-t-elle murmuré en souriant. Moi aussi, j'ai très peur des films d'horreur !

– Toi ? s'est étonnée Luce.

– Bien sûr ! On n'est pas obligé de devenir

quelqu'un d'autre en grandissant. Il y a des choses qui changent, mais on reste la même personne.

On se taisait tous, surpris. Nastia a poursuivi :

– Beaucoup d'adultes font juste semblant d'être raisonnables, sérieux ou courageux. Ils font comme s'ils avaient oublié leur enfance. Et il y a aussi des enfants qui sont vieux dans leur tête très tôt. Pas vous, heureusement !

Luce a souri. Sa sœur a demandé timidement :

– Est-ce qu'on peut laisser la lumière ou une veilleuse allumée cette nuit ? Pour que Luce n'ait pas peur...

– Ça va pas ? a pouffé Luce. Et pourquoi pas une tétine ?

On a ri avec elle.

– Tu vois bien que grandir a aussi des avantages ! a fait remarquer Nastia. Et il y en aura

encore plein d'autres que tu découvriras plus tard.

– L'important, c'est de profiter du présent ! a conclu Luce avec un ton de grande qui m'a surprise.

– Voilà ! a fait Nastia. En tout cas, il y a une chose pour laquelle il n'y a pas d'âge… c'est un gros câlin avant de se coucher !

Elle s'est penchée vers Luce. On a tous voulu notre part du câlin et on s'est pendus au cou de Nastia, qui nous est tombée dessus, rebondissant sur le matelas gonflable et nous écrasant à tour de rôle. On riait tellement qu'on en pleurait ! On a quand même dû aider Nastia à se relever. Après ça, elle a éteint la lumière et elle est partie se coucher.

On a continué un moment à se raconter des histoires à mi-voix. J'adorais écouter sans rien dire, en regardant le ciel étoilé par la lucarne. Peu à peu, tout le monde s'est endormi, même Luce. J'écoutais toujours. Le bruit des respirations était calme et rassurant. Ce grenier ne me faisait plus du tout peur. Je me sentais confiante et heureuse.

Et je me suis promis d'en profiter, de nos douces, nos grandes années !

Ma chère Ness,

Voici ma recette secrète de papanasi (on prononce « papanache »). C'est très facile, tu peux la faire seule, mais demande de l'aide à tes parents pour les blancs en neige et la cuisson.

- Mélange 300 g de fromage blanc, 2 jaunes d'œuf et 100 g de sucre.
- Ajoute 3 cuillères à soupe de farine et 1 pincée de sel.
- C'est là qu'il faut mettre mon ingrédient secret : 1 sachet de sucre vanillé. Chut !
- Mélange bien. Attention aux grumeaux !
- Bat en neige les 2 blancs d'œuf qui restent et ajoute-les doucement.
- Trempe tes mains dans la farine avant de modeler des boules de pâte.
- Là, tu as besoin d'un adulte, pour les faire dorer dans une poêle remplie d'huile chaude.

N'attends pas qu'ils soient froids ! Déguste-les avec de la crème fraiche et de la confiture de cerises !

Je t'embrasse,
Nastia

Table des matières

CHAPITRE 1

Comme des grands 7

CHAPITRE 2

Le Manoir de la peur 15

CHAPITRE 3

Surprise en poussette 23

CHAPITRE 4

Disparition 31

CHAPITRE 5

Pyjama party 37

CHAPITRE 6

Comme des petits 49

Gaël Aymon, l'auteur

Avant d'être auteur jeunesse, Gaël Aymon a travaillé dans le cinéma et a enseigné le théâtre aux enfants et aux adolescents. Connaisseur des contes, il écrit des albums et des romans pour un public à partir de 5 ans jusqu'aux jeunes adultes. Ses livres ont obtenu de nombreuses récompenses.
On lui demande souvent s'il a vécu la même chose que ses personnages. Si c'était le cas, il aurait vraiment eu une vie incroyable ! En fait, il a une vie plutôt normale et préfère inventer ce qu'il raconte.

Retrouve-le sur gaelaymon.com !

Élodie Durand, l'illustratrice

Élodie Durand est diplômée de l'école des Arts décoratifs de Strasbourg. Depuis 2003, elle travaille pour l'édition, la presse adulte et jeunesse. Elle a toujours dessiné ses émotions, ses joies et ses peines. Enfant, lorsqu'elle avait quelque chose à communiquer, elle faisait un dessin. Si elle était fâchée avec ses copines, elle les griffonnait et les faisait super moches pour laisser filer sa colère. Ses « grandes années » ont débuté à l'école maternelle avec le « Prix de l'entente joyeuse ».

Tu as aimé ce roman ?
Retrouve d'autres romans de la série !

Les grandes ANNÉES

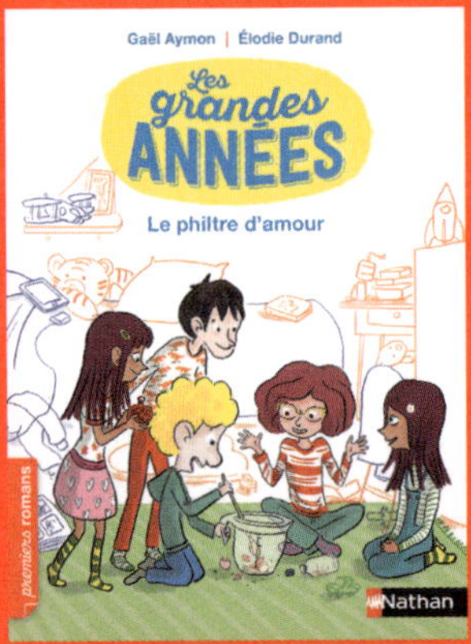

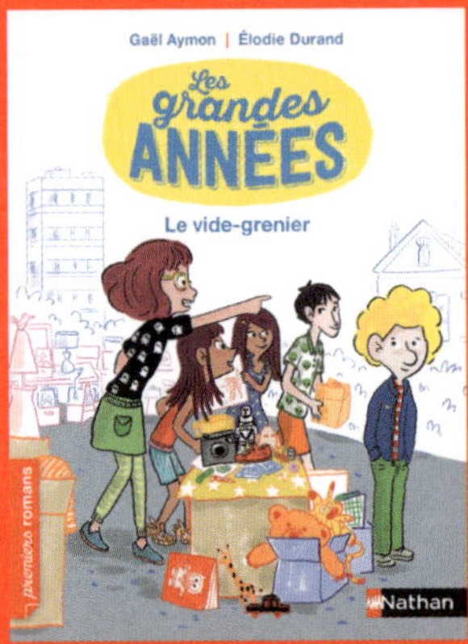

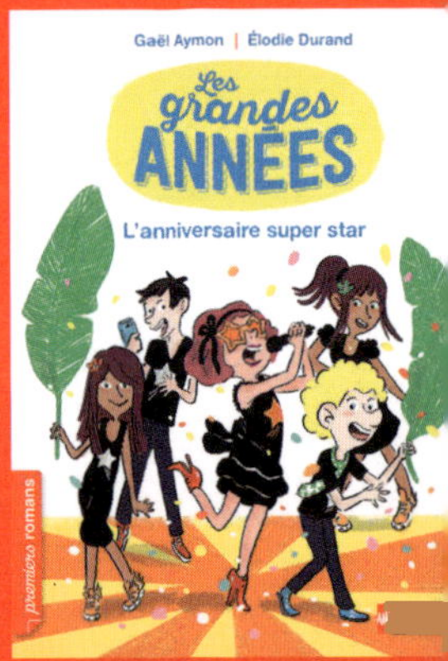

premiers romans

N° éditeur : 10234163 – Dépôt légal : juin 2018
Achevé d'imprimer en mai 2018 par Pollina (85400 Luçon, Vendée, France) - 84930